A Mademoiselle Delvallée
Du Théâtre Impérial du Châtelet

A LA SANTÉ DU BARON!

OPÉRETTE EN UN ACTE

Représentée sur le théâtre de Poitiers, le 4 janvier 1870.

(DIRECTION GOBY)

PAROLES

DE

BÉLISAIRE MOREAU

MUSIQUE

DE

LUDOWIC GUETTE

SAINT-MAIXENT
TYP. CH. REVERSÉ.

A Mademoiselle Delvallée

Du Théâtre Impérial du Châtelet

A LA SANTÉ DU BARON!

OPÉRETTE EN UN ACTE

Représentée sur le théâtre de Poitiers, le 4 janvier 1870

(DIRECTION GOBY)

PAROLES

DE

BÉLISAIRE MOREAU

MUSIQUE

DE

LUDOWIC GUETTE

SAINT-MAIXENT

TYP. CH. REVERSÉ.

Y

Ytr
28

A LA SANTÉ DU BARON !

PERSONNAGES :

LE COMTE DE MUSTIGNAC. . . . *M. Emile Goby.*
(Redingote noire, culotte grise, bottes molles et long pardessus doublé de fourrures.)

MADEMOISELLE ÉLÉONORE ***. . *M*^{lle} *Delvallée.*
(Toilette de maison... Jupe courte, bottines mordorées.)

BRIGITTE . . . . *M*^{lle} *Antonia Léon.*
Costume de paysanne Alsacienne.

La scène se passe... en Province.

SALON RICHE

Porte à droite, fenêtre à gauche. Au fond du salon, une porte à deux battants ouvrant sur un boudoir très-coquet. Au lever du rideau la porte du boudoir est fermée. Dans le boudoir, Éléonore fait des vocalises.

———

A LA SANTÉ DU BARON !

Opérette.

—

SCÈNE I.

BRIGITTE.

(*Elle entre en scène par la porte latérale qu'elle ferme avec colère et jette sur la cheminée plusieurs journaux illustrés. — Accent alsacien.*)

Il est dit que je n'en finirai pas aujourd'hui ! En vérité la place n'est plus tenable... Drelin ! Drelin ! C'est un carillon perpétuel. (*De la main montrant la porte du boudoir*). Lui en faut-il, mon Dieu, lui en faut-il! (*Elle frotte les pieds d'un fauteuil et chante*).

> Et moi... Moi j' frott' et allez donc, } *bis.*
> Il vient tant d' mond' à la maison. }

Enfin! Tout est en ordre? Tout est en place? Oui. — A qui le tour? Ah! ah! ah! ah!... (*Elle s'assied dans un fauteuil*). Ça chante... Ça n'a pas de voix, et..... Ça se dit *Artisse*. Ah! ah! ah! J'en ris... (*Se levant*). Mais moi, moi, je chanterais plus fort et mieux qu'Elle, si je voulais. (*Au public*). Vous en doutez?... Écoutez ça :

> J'al beau lui dir': Madame arrive, } *bis.*
> Rien n'est sacré pour un sapeur. }

Hein! — Pâlissez Réséda, Suzanne et compagnie! et mon amoureux, un pays, le caporal-sapeur du 101°, un homme qui s'y connaît, a-t-il raison de me dire : « Brigitte, tu as des rentes dans le gosier? » Mais je suis si modeste! Tandis qu'Elle, avec son... filet, sa petite voix grêle... Ah!... enfin ça fait suer. Voilà tout. (*Elle frappe discrètement à la porte du boudoir qu'elle ouvre à deux battants*). Madame, l'appartement est prêt. Quand Madame voudra. (*Revenant et sortant du salon*). As-tu fini, Pimbêche. Va !... Enfin. Ça fait suer ; voilà tout.

—

SCÈNE II.

MADEMOISELLE ÉLÉONORE ***.

(*Une partition d'Opéra à la main*).

On dit toujours que nous autres, artistes, nous passons notre vie dans... un bain de paresse. Quelle erreur ! Je travaille... Je travaille nuit et jour ; c'est qu'il n'y a pas à dire... Il faut qu'avant demain, midi, je sache mon rôle... ou bien gare l'amende ! Quelle heure est-il ? (*Regardant à la pendule*). Deux heures moins cinq ! Si encore il n'y avait que l'amende à payer... Ah ! Je m'en f... icherais pas mal !... Mais il faut plaire au public et avant tout, j'aime à récolter des bravos et des fleurs. C'est ma vie, à moi, il m'en faut. — Voyons ! (*Elle approche une chaise de la cheminée*). Il est là, lui, le Baryton, Monseigneur. Il me dit, à moi, la chevrière, la chevrière qu'il veut séduire.

> Vous seriez charmante.
> — Monseigneur, merci !
> — Soyez moins méchante,
> Acceptez ceci.

Alors vient ma cavatine qu'il me faudra chanter... Simplement en baissant les yeux. (*Se regardant à la glace*). Bien !... Comme ça.

> Une rose naturelle,...
> Une simple fleur des champs
> Suffit à me rendre belle...

Est-ce assez laid ?... C'est moi qui bèle ?

> Suffit à me rendre belle...

(*Frappant du pied*)... Cré mâtin !

> Suffit à me rendre belle ;
> Qu'ai-je besoin de rubans ?

Ça ira. Reprenons le tout :

> Une rose naturelle,...
> Une simple fleur des champs
> Suffit à me rendre belle ;
> Qu'ai-je besoin de rubans ?

Quelle voix touchante !

—Monseigneur, merci !

—Soyez moins méchante,
Acceptez ceci.

— Non, monseigneur, je refuse...
Je refuse vos bijoux,
Écoutez la cornemuse
Qui m'appelle au rendez-vous.

— Soyez moins cruelle,
Acceptez, ma belle,
Prenez ces bijoux,
Mon cœur est à vous...

Laisse, jeune chevrière,
Laisse au moins prendre un baiser
Sur ta lèvre printanière.

(Elle embrasse sa main).

Pouvais-tu le refuser ?

— L'entendez-vous ?

Puis vient mon duo. Ah ! au diable ! Des trilles !...
Des trilles à bouche que veux-tu ! Tant pis !,..
Là, tant pis ! Mon directeur dira ce qu'il voudra.
V'lan ! (*Elle donne un coup de pied à la chaise,
jette la partition sur la table et se laisse tomber*

sur un fauteuil). Ouf! *(Une pause). (Se levant et se regardant à la glace).* Comme je suis peignée! J'ai les yeux rouges... Tout ça... C'est la faute au directeur. *(Elle approche un fauteuil de la cheminée, s'assied et parle tout en parcourant les journaux apportés par Brigitte).* Tu n'auras pas, mon vieux, un prix... du Conservatoire pour les deux cents francs que tu donnes à... une Dugazon. Deux cents francs! Ah! ah! ah!... La belle affaire! Grigou, va!... Brigitte, ma femme... — *(Elle éternue).* Je m'enrhume! — Brigitte, ma femme de chambre, et mon coiffeur me coûtent davantage et, sans la générosité de Monsieur le Baron... *(On frappe).*

SCÈNE III.

ÉLÉONORE, BRIGITTE.

BRIGITTE.

Une lettre pour Madame.

ÉLÉONORE.

Qui apporte cela?

BRIGITTE.

Un domestique que je ne connais pas, Madame, mais il est à la livrée de Monsieur le Baron.

ÉLÉONORE.

Comment? Ce n'est pas Germain? (*Elle met la lettre sur la cheminée*).

BRIGITTE.

Non, Madame. (*Elle relève la chaise tombée*).

ÉLÉONORE.

C'est bien. (*Avec humeur*) Laisse-moi.

BRIGITTE.

Ça fait suer... Voilà tout. (*Haussant les épaules*). Ah! malheur! (*Elle sort*).

—

SCÈNE IV.

ÉLÉONORE.

Brr... Brir... Il fait un froid de loup. (*Une pause. Elle tisonne*). Brigitte! Brigitte! Elle ne viendra pas... C'est sûr. — Brigitte! — Je ferais pourtant bien la gageure que si j'ouvrais cette porte, nous nous trouverions nez à nez. Brigitte! — Bah! Cris inutiles! Il faut ça. Elle viendra sans avoir beaucoup de chemin à faire. (*Elle sonne. La porte s'ouvre aussitôt. Paraît Brigitte*). (*Au public*). J'aurais gagné.

SCÈNE V.

ÉLÉONORE, BRIGITTE.

BRIGITTE.

Madame a sonné?

ÉLÉONORE.

J'ai essayé mon jupon pour le rôle de demain. Il est trop long; fais-lui un pli. Il est là... Sur le lit. (*Brigitte entre dans le boudoir*). De cette façon, si je ne sais pas mon rôle... ou si je le dis mal... on n'en applaudira pas moins la jeune chevrière..... Cette ficelle-là ne rate jamais. (*Mettant le pied sur le chenet*). Quand on a de ça... (*Elle prend la lettre*).

BRIGITTE.

(*Un jupon à la main, à part et sortant du salon*). Ça fait suer... Voilà tout.

—

SCÈNE VI.

ÉLÉONORE.

(*Se levant et faisant sauter la lettre dans ses mains*). Du Baron ! Du Baron ! Du Baron...
— Il est bien étonnant tout de même qu'il m'écrive. Nous dînons ici, ce soir, en tête-à-tête...
Il va venir dans... une heure... (*Vivement*)
Serait-il indisposé ? Ah ! maintenant que tout est préparé ; ce serait amusant... Tiens ! des vers :
(*Lisant*).

« Je pense à vous, lorsque l'aurore
« Vient ouvrir les portes du jour ;
« Je pense à vous, Éléonore,
« Ne doutez pas de mon amour. »

Hum ! Ça n'est pas du Baron.

« Je pense à vous, quand Phœbus doré
« De ses chauds rayons la moisson ;

« Je pense à vous, Éléonore,

« Lorsque l'oiseau fuit du buisson. »

Ah!... C'est galant.

« Je pense à vous, quand la mandore... »

Mandore!... Qu'est-ce que c'est que ça? — Ah! oui. Il m'en souvient. Je ne sais pas trop dans quel... Ma foi, je ne sais plus où... Mais j'étais en page... en page espagnol... Un charmant costume en velours bleu, à crevés blancs, agrémentés d'or. Le jarret tendu, le nez au vent, une guitare à la main... je fredonnais sous un balcon :

O reine que j'adore,

De ton page Almanzo

Entends-tu la mandore?...

Oui, oui, mandore... C'est bien cela.

« Je pense à vous, quand la mandore

« Sous mes doigts fait vibrer mon cœur.

(*Sentencieusement*) Vibrer... C'est un musicien !

« Je pense à vous, Éléonore,

« A vous que j'aime avec ardeur. »

Ah! ah! ah! (*Rires*). A vous que j'aime avec

ardeur... Il est chaud, celui-là. Ça doit être un confrère en Apollon, comme dit mon directeur, un pauvre diable dans la *déche,* qui me fait un compliment pour avoir bientôt le droit de me demander l'aumône... (*Souriant*). Je connais ça... (*On frappe à la porte du salon*). Encore !

SCÈNE VII.

ÉLÉONORE, BRIGITTE.

BRIGITTE.

Le coiffeur de Madame est ici... Voulez-vous... Madame veut-elle le recevoir ?...

ÉLÉONORE.

Non..... Dis-lui que je me passerai de ses soins. Va..... et ne me dérange plus. Tu m'entends.

BRIGITTE.

(*A part*). Ah ! — On s'en souviendra.

SCÈNE VIII.

ÉLÉONORE.

« Je pense à vous, le soir, quand Flore

« Se pâme aux baisers du zéphir ;

« Je pense à vous, Éléonore ;

« Pour vous je rêve or et saphir. »

Eh ! Je le savais bien. Il rêve ; donc il n'a pas.
C'est logique, comme dit mon directeur. Tiens,
une idée !... Si je donnais à ce... cabotin, pour
m'apprendre mes rôles, les deux cents francs que
je reçois de cet autre ?... Ça y est.

« Je pense à vous, vous que j'adore,

« Vous que j'implore à deux genoux...

Plus de doute, il implore...

« Je pense à vous, Éléonore,

« Ce que je veux, le voulez-vous ? »

Que me veut-il ? (*Souriant*). Je m'en doute
bien.

« C'est à vous que je pense encore

» Lorsque...

Plusieurs points... Il n'achève pas.

Pourquoi tant de détours ?

C'est ça... Va! Va toujours, mon p'tit... Ne te
ne pas.

« Je pense à vous, Éléonore,
« Je pense à vous toujours, toujours. »

(Avec dépit). Pas de signature!— Est-ce bien un
uvre diable qui m'écrit? Qui que ce soit, ce...
asicien est entreprenant et recevoir des leçons
un homme comme ça... ce serait dangereux...
puriant) pour Monsieur le Baron. (Mettant la
tre dans son corsage). Je m'y perds. (Une pause).
igitte ne m'a-t-elle pas dit que ce... valet por-
t la livrée de Monsieur le Baron? Bah! Cette
e se sera trompée; elle voit du Baron partout.
rait-ce?... Non!... Ou bien? Non! (Gaiement).
! C'est... (Tristement). Non! Tout bien pensé,
l'est qu'un... petit jeune homme, timide à l'ex_
, qui puisse m'adresser un tel poulet sans m'as-
ner un rendez-vous. (Relisant la lettre). «Ne
utez pas de mon amour.» Je n'en doute pas.
emettant vivement la lettre dans son corsage).
! Oui, va! Je ne puis même pas le remercier
son envoi... Tant pis pour lui... Le petit sot!
n frappe à la porte du salon). Encore Brigitte!

2

Oh! Je vais me fâcher! (*On frappe*). Ce n'est pas Elle. Ce n'est pas *Lui* non plus; il est ponctuel comme une horloge. (*On frappe une troisième fois et plus fort*). Mais Brigitte n'y est donc pas. Qui est là? Qui est là?... (*Élevant la voix*). Qui est là? (*On gratte à la porte*). Qui cela peut-il être?... (*Elle ouvre*).

SCÈNE IX.

LE COMTE DE MUSTIGNAC, ÉLÉONORE.

(*Le comte porte de longues moustaches et un monocle sur l'œil droit*).

MUSTIGNAC.

Mademoiselle.

ÉLÉONORE.

Vous vous trompez, Monsieur.

MUSTIGNAC.

Je ne crois pas. (*Il reste à la porte*).

ÉLÉONORE.

Que désirez-vous, Monsieur?

MUSTIGNAC.

Une femme charmante, Mademoiselle, et je joue de bonheur.

ÉLÉONORE.

Mais, Monsieur, je ne vous connais pas.

MUSTIGNAC.

Je le sais pardieu bien, et voilà précisément ce que je regrette ; aussi viens-je tout exprès aujourd'hui pour avoir le plaisir de faire votre connaissance. (*Il lui prend le menton, s'incline et fait un pas*).

ÉLÉONORE.

L'insolent ! (*De la main montrant le corridor*). Monsieur !

MUSTIGNAC.

Bah ! A la campagne. (*Il fait un autre pas*).

ÉLÉONORE.

(*A part*). Serait-ce un fou ? (*Haut*). Mais, Monsieur, nous ne sommes pas à la campagne.

MUSTIGNAC.

Mademoiselle, tout ce qui n'est pas Paris est la

campagne. (*Éléonore éternue*). Que le bon Dieu vous bénisse. Brr. Brrr... Voilà une porte terriblement froide. C'est une vraie Sibérie. (*Il entre et ferme la porte*).

ÉLÉONORE.

(*Avec colère*). Monsieur, Mons...

MUSTIGNAC.

Vous alliez vous enrhumer.

ÉLÉONORE.

(*Furieuse et ouvrant la porte*). Monsieur, laissez-moi. Partez !

MUSTIGNAC.

(*Refermant la porte*). Cette porte est glacée. Prenez y garde... Elle vous jouera quelques mauvais tours. (*Tout en s'inclinant, il marche à reculons jusqu'à la cheminée*). (*A part*). Enfin, l'assiégeant est dans la place.

ÉLÉONORE.

Monsieur, Monsieur...

MUSTIGNAC.

Eh! Que diable? Ne criez pas si fort... Je

n'ai pas l'intention de vous... enlever. (*Déposant son chapeau sur la table*). J'aime à causer. Vous permettez.

ÉLÉONORE.

C'est inconcevable, une telle impudence... (*Elle éternue*).

MUSTIGNAC.

Maudite porte! — Que vous disais-je? Vous voilà pincée.

ÉLÉONORE.

Quelle audace! Entrer chez moi...

MUSTIGNAC.

(*Enlevant son pardessus*). Je suis à vous dans l'instant.

ÉLÉONORE.

Et s'y installer malgré moi... C'est roide. (*Le comte va déposer son pardessus sur un fauteuil*). Dieu! C'est un Bossu! Partez! Partez! Partez! Partez!

MUSTIGNAC.

(*Revenant et comptant sur ses doigts*). Partez! Partez! Deux. Partez! Partez! Quatre. (*Riant*).

Ah ! ah ! ah ! C'est à ma bosse que vous envoyez ces quatre points d'exclamations ? Vous êtes bien bonne. Je ne demanderais pas mieux qu'elle disparut, croyez-le bien... Pourtant je m'en moque un peu ; voilà trente ans que je la... roule et, vous le voyez, je ne m'en porte pas plus mal... e^t n'en suis pas moins gai ; je ris toujours. Ah ! ah ! ah !... J'en ris encore.

ÉLÉONORE.

Mon-Mon-Monsieur.

MUSTIGNAC.

Au frémissement de vos lèvres, je lis votre pensée : «Dieu, qu'il est laid, ce bossu!» N'est-ce pas cela? Que voulez-vous, Mademoiselle, on ne se fait pas soi-même.

Je suis borgne, bossu, bancal ;
Ainsi l'a voulu la nature.
Je suis laid, mais ça m'est égal,
Je vous le jure.

Lorsque le monde rit de moi,
Au monde je rends la pareille
Et ne me fais pas trop, ma foi,
Tirer l'oreille.

Je suis borgne, bossu, bancal ;
Ainsi l'a voulu la nature.
Je suis laid, mais ça m'est égal,
    Je vous le jure.

(Pendant la ritournelle, le comte va chercher un second fauteuil qu'il approche de la cheminée).

Mon oncle m'a dit que l'abbé
Qui me versa l'eau du baptême,
En me voyant marqué d'un B,
    Devint tout blême.

« Grand Dieu, dit-il à son valet,
« Le sacristain-maître d'école,
« Je ne vis pas d'enfant plus laid ;
    « Sur ma parole ! »

Je suis borgne, bossu, bancal ;
Ainsi l'a voulu la nature.
Je suis laid, mais ça m'est égal,
    Je vous le jure.

ENSEMBLE.

Ça m'est égal,   *Bis.*
Oui, bien égal.

ÉLÉONORE.

Quel animal !
Cet animal
Est sans rival.

(Éléonore se sauve éperdue. Le comte lui prend courtoisement la main et la ramène auprès de la cheminée).

MUSTIGNAC.

Donnez-vous la peine de vous asseoir.

ÉLÉONORE.

Non. *(A part)*. Qu'est-ce que c'est que ça?

MUSTIGNAC.

Vous boudez. *(Il s'assied)*.

ÉLÉONORE.

Oui.

MUSTIGNAC.

Tant mieux. J'augure toujours bien d'un pareil accueil.

ÉLÉONORE.

C'est qu'alors vous n'êtes pas difficile.

MUSTIGNAC.

(A part). Elle se juge elle-même. *(Haut)*. Vous croyez? Eh bien! Suivez mon... raisonnement. *(Avec Emphase)*. Vous le savez, Mademoiselle,

après la pluie vient le beau temps. En ce moment nous sommes à la pluie; mais bientôt un rayon de soleil dissipera le nuage qui voile ces beaux yeux.

ÉLÉONORE.

Monsieur, je vais sonner, si vous ne sortez à l'instant.

MUSTIGNAC.

Oh! oh! Vrai, vous avez tort, charmante. Je vous parle avec la plus grande courtoisie et...

ÉLÉONORE.

Je sonne.

MUSTIGNAC.

Eh! Sonnez, pardieu, si cela vous amuse. Sonnez! mais je dois vous prévenir que personne ne viendra.

ÉLÉONORE.

Comment? (*Elle sonne*).

MUSTIGNAC.

Ah! ah! ah! (*Rires*): Grâce! Grâce... pour

elle ; ne la cassez pas. Elle n'en peut mais. Ah !
ah ! ah ! (*Éléonore cesse de sonner*). Vous suppo-
siez, n'est-ce pas, que votre femme de chambre
s'empresserait d'accourir à votre appel ? — Ah !
bien oui ; elle est loin. — Comment la nommez-
vous, cette... fille ? — La nature l'a douée, elle,
d'un petit minois chiffonné qui plaît. — Elle est
intelligente et comprend à demi mot.

ÉLÉONORE.

Monsieur.

MUSTIGNAC.

(*Tendant la main*). Faisons la paix.

ÉLÉONORE.

Non !

MUSTIGNAC.

Soit ! (*Se prélassant dans le fauteuil*). Je disais
donc que votre femme de chambre était... gen-
tille et bien dressée. Son nom, s'il vous plaît,
Mademoiselle ?

ÉLÉONORE.

(*Vivement*). Brigitte. Allez la trouver et laissez-moi tranquille.

MUSTIGNAC.

Brigitte !... un bien joli nom ! Et elle se destine au théâtre cette Alsacienne? (*Une pause*). Donc, votre bonne Brigitte... ou plutôt Brigitte, votre bonne, qui plus tard sera peut-être une des étoiles de la scène, comme vous en ce moment, Mademoiselle,...

ÉLÉONORE.

Monsieur, vous m'insultez... Je n'ai jamais été femme de chambre et...

MUSTIGNAC.

Je m'inquiète fort peu de votre point de départ. Je vous trouve charmante et cela suffit. (*Se levant et de la main offrant un fauteuil*). Ne vous gênez pas. Faites comme chez vous. Asseyons-nous et causons.

ÉLÉONORE.

Non.

MUSTIGNAC.

Quoi? Vous asseoir ou causer?

ÉLÉONORE.

Ni l'un, ni l'autre.

MUSTIGNAC.

Alors laissez-moi achever mon récit. (*Il s'assied*). Je disais donc que votre bonne était sortie. Vous l'ignoriez et cela vous étonne... Je le conçois; mais vous voudrez bien ne pas la gronder trop fort... Elle est sortie pour vous. (*Une pause*). Vous avez, Mademoiselle, une qualité bien rare en général chez la femme... Vous n'êtes pas fille d'Ève.

ÉLÉONORE.

Oh! vous m'agacez. Vous vous moquez de moi.

MUSTIGNAC.

Croyez-vous? Je suis... peu amusant, à qui la faute? A vous. Tenez, répondez-moi et je cesse aussitôt mon persifflage... Voyons.... asseyez-vous.

ÉLÉONORE.

Non !

MUSTIGNAC.

Comme il vous plaira, charmante. Je continue.
La fille, ai-je dit à Brigitte, allez au chemin de
fer. Vous retirerez, contre ce reçu, une petite
boîte, venant de Nice, contenant...

ÉLÉONORE.

(*Vivement*). Quoi?

MUSTIGNAC.

(*A part*). Je me trompais. Voilà-la fille d'Eve?
(*Lentement*). Une petite boîte contenant...

ÉLÉONORE.

(*Vivement et se rapprochant du comte*). Une
parure?... Un bijou?

MUSTIGNAC.

Non. Un tout petit bouquet de violettes, de
notre grand jardinier, Alphonse Karr.

ÉLÉONORE.

(*S'éloignant du comte*). Peuh ! Ce n'est que ça.

MUSTIGNAC.

Ah! ah! ah! C'était risible. La petite me regardait avec ses grands yeux fripons et semblait ne pas me comprendre. Je fis ceci : (*Il met la main à la poche de son gilet*). Elle comprit aussitôt et s'en fut. Ne soyez pas de retour avant une heure, ajoutai-je. Elle se retourna, sourit et (*regardant à sa montre*). Voilà à peine vingt minutes qu'elle est partie.

ÉLÉONORE.

Enfin, que voulez-vous ?

MUSTIGNAC.

Tout — et — rien.

ÉLÉONORE.

Mais encore ?

MUSTIGNAC.

Vous — voir — et — vous — connaître.

ÉLÉONORE.

Insolent! Effronté! Impertinent!

MUSTIGNAC.

Quoique jeune encore, il y a déjà bien long-

temps qu'on m'a dit cela pour la première fois ;
mais, comme Mithridate... (*Il se lève*).

ÉLÉONORE.

Connais pas. (*Elle s'assied*).

MUSTIGNAC.

Je me suis habitué de bonne heure à prendre
du poison et le poison... ou, si vous le préférez,
les gracieuses épithètes dont vous me gratifiez, en
passant par une bouche aussi jolie, loin de me
contrarier me font un plaisir extrême. (*A part.*)
Atout ! C'est du pique !

ÉLÉONORE.

Vous m'impatientez à la fin, J'attends quelqu'un. (*Se levant*). J'ai mon rôle à apprendre.

MUSTIGNAC.

La bonne idée ! Je vous donnerai la réplique.

ÉLÉONORE.

Vous vous en acquittez à merveille.

MUSTIGNAC.

C'est la première gracieuseté que vous me
dites.

ÉLÉONORE.

Ce n'est pas mon intention.

MUSTIGNAC.

Ma foi, tant pis pour vous!

ÉLÉONORE.

Vous êtes un monstre.

MUSTIGNAC.

Oh! pas tout à fait, mais j'avoue qu'il y a de l'audace, à moi, *Quasimodo,* de vouloir plaire à une charmante fille... comme vous, *Esméralda.*

ÉLÉONORE.

Oh! (*A part*). Et Brigitte qui ne vient pas!

MUSTIGNAC.

Fumez-vous? (*Il lui offre des cigares*).

ÉLÉONORE.

Non. (*Le comte allume un cigare*). Quel sans gêne! (*A part*). Inutile de le lui défendre. Il ne m'écouterait pas. (*A mi-voix*). Et Monsieur le Baron qui déteste l'odeur du tabac? Comment me débarrasser d'un pareil original?

MUSTIGNAC.

Oh !... J'ai l'oreille fine. Je l'ai bien entendu et
ne m'en fâche pas.

> Il est certaine épithète
> Que j'accepte de grand cœur.
> Quand au nez on me la jette,
> On me fait beaucoup d'honneur.
> C'est ainsi, Dieu me pardonne,
> Qu'on dit, d'un ton amical :
> « Il ne ressemble à personne.
>   « Quel original! »

ÉLÉONORE.

Vous pouvez vous en vanter.

MUSTIGNAC.

Chacun l'est à sa manière, Mademoiselle... Encore ne l'est pas qui veut. Il en est tant qui, taillés
à l'emporte-pièce, cherchent à se singulariser et
ne sont tout simplement que ridicules ! Quand ils
n'atteignent pas au grotesque, c'est fort heureux.
J'en connais... et vous ?

> Sombre, couché sur la paille,
> Manquant de tout, rêvassant,

3

Diogène, en sa futaille,
Apitoyait le passant.
« Je t'offre, dit Alexandre,
« Mon Palais Impérial. »
Il ne voulut pas l'entendre,
Cet original.

ÉLÉONORE.

(*Parlé*). Et Brigitte qui ne vient pas !

MUSTIGNAC.

Il me souvient qu'Alcibiade
Dans Athènes fit fureur
Pour avoir eu la... *toquade*
De couper...

(*Il coupe avec les dents un morceau de cigare*).

ÉLÉONORE.

(*Chanté*). Ah! quel horreur !

MUSTIGNAC.

Plutarque dans son histoire
Nous le dit...

ÉLÉONORE.

— Quel animal !

MUSTIGNAC.

Son maître était, c'est notoire,
Un original !

ÉLÉONORE.

(*Parlé*). Et Brigitte qui ne vient pas !— Oh !...

MUSTIGNAC.

Originaux furent Dante,
Arétin, Gessner, Byron,
Garrick, Louis Onze, Cervantes,
Hoffmann, Cambronne, Scarron...

ÉLÉONORE.

(*Parlé*). Assez, Monsieur, assez !

MUSTIGNAC.

J'en passe... Longue est la liste ;
Mais sachez qu'en général
Tout ce qu'on appelle artiste
Est original.

ÉLÉONORE.

(*Parlé*). Vous avez fini ? (*Elle s'assied*).

MUSTIGNAC.

Ressembler à tout le monde
Ne fût jamais mon *dada*,
De peur qu'on ne me confonde
Avec Tel autre... Voilà!
Fut-on avocat sans cause.
Laid, bossu, borgne, bançal,
C'est être au moins *quelque chose*
Qu'être original.

(Il s'assied auprès d'Éléonore).

ÉLÉONORE.

(A part. Se levant). J'abandonne la partie.
(Haut). Monsieur, puisque vous ne voulez pas...
partir, restez; mais je sors. *(Elle se dirige ma-
jestueusement vers le boudoir).*

MUSTIGNAC.

Éléonore! *(Il jette son cigare, court après
Elle et la retient à la porte du boudoir).*

ÉLÉONORE.

(Revenant). Laissez-moi.

MUSTIGNAC.

(A la porte du boudoir). Evohé! Une guitare!

ÉLÉONORE.

(*A part*). La guitare de ma mère !

MUSTIGNAC.

(*Otant ses gants*). Que ne le disiez-vous tout de suite? Vous permettez.

ÉLÉONORE.

Je n'ai rien à vous permettre.

MUSTIGNAC.

Alors je me le permets. (*Il entre dans le boudoir*).

ÉLÉONORE.

Quel drôle d'individu ! Et n'était...

MUSTIGNAC.

(*Une guitare à la main, chante en s'accompagnant*).

Je pense à vous, lorsque l'aurore
Vient ouvrir les portes du jour ;
Je pense à vous, Éléonore,
Ne doutez pas de mon amour.

ÉLÉONORE.

(*L'arrêtant*). Comment c'est donc vous qui...

(*A part*). Ah ! Et moi qui le soupçonnais d'une timidité extrême !

MUSTIGNAC.

C'était ne pas me connaître ; voilà tout.

Je pense à vous quand Phœbus dore
De ses chauds...

ÉLÉONORE.

Ah ! ah ! ah ! Quel chat !...

MUSTIGNAC.

(*S'inclinant*)... Grin pour moi de n'avoir point la voix de Capoul ou la vôtre ; c'est vrai.

ÉLÉONORE.

(*Avec coquetterie*). Flatteur !

MUSTIGNAC.

Avouez, que vous pensez là justement le contraire de ce que vous dites. (*Il prend dans sa poche un rouleau de musique qu'il offre à Éléonore*). Vous, vous chanterez fort bien ceci ; du reste, voyez ! Essayons... Voulez-vous ?

MUSTIGNAC.

Je pense à vous lorsque l'aurore
Vient ouvrir les portes du jour.

ÉLÉONORE.

Je pense à vous, à vous encore ;
Ne doutez pas de mon amour.

Je pense à vous quand Phœbus dore
De ses chauds rayons la moisson ;
Je pense à vous, à vous encore
Lorsque l'oiseau fuit du buisson.

MUSTIGNAC.

Pressez un peu plus la mesure.
C'est bien. Rallentissez un peu.
Très-bien, très-bien, je vous l'assure.
Amoroso. Parfait, morbleu !

ENSEMBLE.

ÉLÉONORE.

Je pense à vous quand la mandore
Sous mes doigts fait vibrer mon cœur.
Je pense à vous, à vous encore,
A vous que j'aime avec ardeur.

(*Avec enjouement*). Et depuis quand, Monsieur ? (*Elle s'assied*).

MUSTIGNAC.

Ma foi, depuis hier. (*Il s'assied*).

ÉLÉONORE.

C'est un amour de fraîche date.

MUSTIGNAC.

Le temps paraît toujours long à qui désire...

ÉLÉONORE.

Et vous m'avez vue?...

MUSTIGNAC.

Au théâtre. (*Il lui prend la main*).

ÉLÉONORE.

Et vous m'avez aimée comme ça... Tout de suite, à première vue?.

MUSTIGNAC.

Oui. — Lorsque je vous tenais... (*Éléonore retire sa main*). Au bout de ma lorgnette, je me disais : Voilà une petite... mignonne à croquer. Quel chien!... Quel chic ébouriffant!... Quelle désinvolture! Quel galbe! Je vous détaillais et vous... mangeais des yeux... Quoi! — C'est une façon de parler... (*Riant et enlevant son monocle*). Je n'en ai qu'un. Alors pendant l'entr'acte, j'eusse bien désiré me faire présenter à vous, dans votre loge, mais par qui?... Voilà le *hic*. Je ne connais personne ici que mon Oncle, un vieillard pieux, aux mœurs

austères; je le crois même quelque peu mar-
guillier de sa paroisse, après avoir été, dans
sa jeunesse, voltairien enragé. — Passons. M'y
présenter moi-même! il n'y fallait pas songer...
Le premier pompier de service m'eut barré le pas-
sage avec un : Où allez-vous?... des mieux ac-
centués. Ah! Fischtre! (*Salut militaire*). Respect
à l'autorité! Et puis, me disais-je encore, combien de petits *soupeurs* font cercle autour d'elle!...
Combien de jeunes papillons voltigent autour de
cette fleur! (*Éléonore rit aux éclats*). Attendons à
demain, me suis-je dit, la nuit porte conseil et...
voici mon plan : Je lui fais adresser de la ville
voisine un bouquet, un rien.

ÉLÉONORE.

De Nice, aviez-vous dit? (*Se levant*).

MUSTIGNAC.

Aurait-il plus de valeur?

ÉLÉONORE.

(*Avec dépit*): Alors que ne le preniez-vous ici,
ce bouquet?

MUSTIGNAC.

(*Se levant*). Il me fallait un prétexte pour éloigner votre bonne... Celui-là n'en vaut-il pas un autre?... Je vous écris... Je me présente et... (*Regardant à sa montre*). Mais Brigitte ne vient pas. Dieu me pardonne, elle a mangé la consigne.

ÉLÉONORE.

Monsieur, votre plaisanterie dure depuis longtemps! Partez! J'attends quelqu'un, partez, je vous en prie. (*Elle prend la partition d'opéra*).

MUSTIGNAC.

Je ne puis.

ÉLÉONORE.

Que d'ennuis !

Partez! Monsieur, partez bien vite!
Vous reviendrez une autre fois.

MUSTIGNAC.

Non pas. Non pas. J'attends Brigitte.
Qui n'est pas exacte, je vois.

ÉLÉONORE.

Mais vous n'êtes pas raisonnable.
Il me faut apprendre ceci.

MUSTIGNAC.

Ce passe-temps m'est agréable.
Si vous voulez, prenons ici.

MUSTIGNAC.

C'est un duo. — La Chevrière
Vient de refuser des bijoux.
Ah! L'aventure est singulière!
Qu'en pensez-vous? Qu'en dites-vous?
Pardieu, c'est l'Opéra comique
De « Chevrière et Châtelain »
On le connaît. C'est mélodique,
Mais que c'est fade! On's'en est plaint.

ÉLÉONORE.

Ce Bossu-là fait ma conquête.
Il me fascine à mon insu.
Au diable! J'en perdrai la tête.
Pourtant l'ai-je assez mal reçu?
Mais voici l'heure, ce me semble,
L'heure à laquelle Il doit venir.
Brigitte absente…, et nous ensemble!
Comment cela va-t-il finir?

ENSEMBLE.

ÉLÉONORE.

Chut! de grâce, écoutez… Quelqu'un est dans la rue.
Serait-ce déjà Lui?

MUSTIGNAC.

Ma foi, je n'entends rien.

ÉLÉONORE.

Je reconnais son pas.

MUSTIGNAC.

(*La partition d'Opéra à la main chante à mi-voix*).

« Elle m'est apparue
« En songe cette nuit, mon cœur...

ÉLÉONORE. (*L'interrompant*).

Écoutez bien !

COUP DE SONNETTE.

ÉLÉONORE.

On sonne. On sonne.
Brigitte !... O ciel !
Eh ! Quoi ! Personne !

MUSTIGNAC.

(*Jetant la partition sur la table*).

Tout sucre et miel !

ÉLÉONORE.

Partez, Monsieur, partez bien vite.
Vous reviendrez une autre fois,

MUSTIGNAC.

Non pas. Non pas. J'attends Brigitte
Qui se moque de nous, je crois.

ÉLÉONORE.

(*A mi-voix*). Comment faire ?...

MUSTIGNAC.

Comment ? Éléonore n'est pas chez elle... Ne
pas répondre... Ce n'est pas plus malin que ça.

ÉLÉONORE.

Impossible !...

MUSTIGNAC.

Alors je vais ouvrir, pardieu.

ÉLÉONORE.

Gardez-vous en bien. (*Elle prend le chapeau
et le pardessus du comte et les lui donne à l'en-
trée du boudoir*). Entrez-là. Fermez les portes
et surtout pas de bruit... Ne me perdez pas...

MUSTIGNAC.

Je parie mes moustaches, et Dieu sait si j'y
tiens, que depuis longtemps déjà cela n'est plus
possible...

ÉLÉONORE.

Il est plus insolent qu'un valet...

MUSTIGNAC.

Merci! (*Il lui envoie un baiser*). Ah! mais combien de temps me tiendrez-vous prisonnier là dedans? Je vous donne cinq minutes, montre en main... A bon entendeur....

DEUXIÈME COUP DE SONNETTE.

ÉLÉONORE.

Mais entrez donc!

MUSTIGNAC.

Salut! — Cinq minutes! pas plus...

(*Éléonore le pousse dans le boudoir, ferme les portes et va ouvrir la fenêtre*).

ÉLÉONORE.

(*Regardant dans la rue*). Ah! C'est vous, Germain. Qu'y a-t-il? Ma bonne est sortie. Une lettre?

MUSTIGNAC.

(*La tête entre les deux portes du boudoir*). Hein? Comment va-t-elle se tirer de là?

ÉLÉONORE.

(*Parlant au dehors*). Je suis seule.

MUSTIGNAC.

Quelle blague! Et moi? (*Il sort du boudoir*).

ÉLÉONORE.

N'est-ce pas Brigitte que j'aperçois là bas au bout de la rue? Remettez-la lui, (*Elle ferme la fenêtre et revient, pensive, auprès de la cheminée*). Que veut dire tout cela?... Germain qui m'apporte une lettre du Baron de Ric-Rac...

MUSTIGNAC.

(*Allumant un cigare*). De Ric-Rac?

ÉLÉONORE.

(*Vivement*). Le connaissez-vous?

MUSTIGNAC.

Intimement... Je le crois pardieu bien. Le Baron de Ric-Rac est mon oncle.

ÉLÉONORE.

Ah! ah! ah! son oncle. (*Elle s'assied*).

MUSTIGNAC.

Ah! ah! ah! Je ris à l'avance de ma supposition. Seriez-vous ma..... tante? Ah! ah! ah!

ÉLÉONORE.

Etre ou passer pour..... sont deux.

MUSTIGNAC.

Ah! vieux Céladon!... qui ce matin encore, en déjeunant, me reprochait mes fredaines. Il a, ma foi, bon goût, le bonhomme. Qui s'en serait douté? Elle est bien bonne..... Je la savoure..... Ah! ah! ah! (*Éléonore et le comte rient aux éclats au moment où on frappe à la porte du salon*). Entrrrrez!... S. V. P. Ah! ah! ah! ah!...

———

SCÈNE X.

MUSTIGNAC, ÉLÉONORE, BRIGITTE.

BRIGITTE.

(*A part*). On rit... Tout va bien. (*Elle dépose sur la table une petite boîte et remet une lettre à Éléonore*). Voici, Madame.

MUSTIGNAC.

(*Derrière Éléonore*). Je reconnais son é...

(*Éclat de rire d'Éléonore et de Brigitte*)... criture.
Ah ! Le bon billet.

ÉLÉONORE.

« Je souffre horriblement d'être pris par la patte.
« La goutte, me clouant sur un lit de douleur,
« Me prive du plaisir d'aller vous voir, ma chatte,
« De dîner avec vous...

MUSTIGNAC.

Voilà le bouquet ! Ah ! Ah ! Ah ! Lisez ! Lisez !

« Le pied refuse au cœur. »

Ah ! ah ! ah !... (*A Éléonore*). Pauvre chatte !

ÉLÉONORE.

Triste matou ! (*Éclats de rire*).

MUSTIGNAC.

Brigitte... Vous avez la permission de la nuit...
Le neveu du baron de Ric-Rac vous la donne.

BRIGITTE.

(*A part*). Son neveu ! Ah ! Ah ! Ah ! (*Rires*).

MUSTIGNAC.

Allez ! Madame ne dîne pas ici. — Allez !

BRIGITTE.

Son neveu! Ah! ah! ah!

(*Éléonore et Brigitte rient aux éclats*).

MUSTIGNAC.

Je vous répète que Madame ne dîne pas ici. Mille millions de diablotins et de gnômes bossus! Allez! (*Il prend Brigitte par le bras et la fait tourner*). Permettez... *Chère* tante.

ÉLÉONORE.

Ah! ma foi, tant pis. Le proverbe a raison : les absents ont tort. Comment vous nommez-vous?

MUSTIGNAC.

Comte de Mustignac.

BRIGITTE.

.(*A part et montrant une pièce d'or*). Ça m'en disait assez.

ÉLÉONORE.

Eh bien, nous dînerons ensemble.

MUSTIGNAC.

J'y compte bien et voilà pourquoi je donne à Brigitte la clef des champs...

ÉLÉONORE.

Vous ne me comprenez pas.

MUSTIGNAC.

Ma foi, non... Expliquez-vous.

ÉLÉONORE.

Le Baron devait dîner ici, ce soir.

MUSTIGNAC.

Le Baron devait dîner ici ce soir ! — *Oh !* —
Mais alors — c'est — différent.

ÉLÉONORE.

Et vous acceptez ?

MUSTIGNAC.

Certainement et de tout cœur. (*Élevant la
voix*). Merci, mon oncle! (*Rires d'Éléonore et de
Brigitte*). Alors, comme on dit au théâtre, j'entre
de pied en cap, *dans la peau du bonhomme.*

ÉLÉONORE.

Mais enfin qui êtes-vous donc pour parler ainsi
l'argot des coulisses ?

MUSTIGNAC.

Je croyais vous l'avoir dit, ma belle. — Je suis
le comte de Mustignac, le neveu du baron de

Ric-Rac, un flaneur, mélomane, poète à mes
heures et brochant sur le tout...

Je suis borgne, bossu, bancal ;
Ainsi l'a voulu la nature.
Je suis laid, mais ça m'est égal,
Je vous le jure.

Lorsque le monde rit de moi,
Au monde je rends la pareille,
Et ne me fais pas trop, ma foi,
Tirer l'oreille.

Je suis borgne, bossu, bancal ;
Ainsi l'a voulu la nature.
Je suis laid, mais ça m'est égal,
Je vous le jure.

ENSEMBLE.

Ça m'est égal ;
Oui, bien égal.

BRIGITTE et ÉLÉONORE.

L'original !
Il n'est point mal.

ÉLÉONORE.

Comte, voulez-vous me faire plaisir ?

MUSTIGNAC.

Me feriez-vous l'injure d'en douter ?

ÉLÉONORE.

Non. Je suis actrice, vous le savez.., Eh bien ! écrivez cette saynète et donnez-la moi.

MUSTIGNAC.

Vous la jouerez ?

ÉLÉONORE.

Au naturel.

MUSTIGNAC.

Et en échange ?

ÉLÉONORE.

Oh ! C'est un secret...

MUSTIGNAC.

D'alcôve... Je prends des arrhes. (*Il embrasse Éléonore*). Brigitte !

BRIGITTE.

Monsieur le comte, je suis votre servante.

MUSTIGNAC.

(*Entraînant Brigitte du côté opposé à celui où se trouve Éléonore*). Avez-vous du Champagne?... Je sais que...

BRIGITTE.

Monsieur le Baron n'en prend pas? (*Riant*). C'est contraire à sa santé...

ÉLÉONORE.

(*A part*). Que peuvent-ils se dire? (*Elle vient se mettre derrière eux*).

MUSTIGNAC.

(*A Brigitte*). Passez à l'hôtel de France et dites d'envoyer ici, immédiatement, un panier d'Aï mousseux; ce qu'il y aura de meilleur.

ÉLÉONORE.

(*Effrayée et se mettant entre eux*). Un panier?

MUSTIGNAC.

Je reste ici quinze jours... Trois semaines peut-être.

ÉLÉONORE.

(*Parodiant le comte*). *Oh! — Mais alors — c'est — différent.* — Va, Brigitte, mais je te le recommande, bouche close !...

MUSTIGNAC.

Folle! (*Offrant son bras à Éléonore*). En attendant son retour, *chère*... tante, permettez-moi de vous donner ma première leçon...

ÉLÉONORE.

De musique. (*Lui prenant le bras*).

MUSTIGNAC.

Eh! sans doute.

ÉLÉONORE.

Hâte-toi, Brigitte. (*Au comte*). J'ai faim et vous? (*Se dirigeant vers le boudoir*).

MUSTIGNAC.

Moi, je m'en gaudis à l'avance. Je me propose de boire à la santé du Baron... De m'amuser et de rire...

BRIGITTE.

(*Au moment de sortir du salon, à mi-voix.*)
Comme un bossu.

MUSTIGNAC.

(*A part.*) Je l'attendais. (*Haut*). Vous vous
trompez ; à preuve... (*Il revient, enlève lestement
sa bosse qu'il offre à Éléonore*). Voyez!... C'est
pour vous.

BRIGITTE.

Comment! Monsieur le Comte n'est pas bossu?

MUSTIGNAC.

Pas plus que borgne. (*Il ôte son monocle et se
tient bien droit*).

ÉLÉONORE.

Ni bancal... Il fait *peau neuve*. Brigitte, mets
le couvert. Tu sortiras pendant le dîner.

BRIGITTE.

Tout est prêt, Madame.

ÉLÉONORE.

Alors va servir. (*Brigitte sort du salon*).

—

SCÈNE XI.

MUSTIGNAC, ÉLÉONORE.

MUSTIGNAC.

C'est une bosse à surprises.

ÉLÉONORE.

Que vois-je? (*Dans la bosse se trouvent une mantille, des bijoux et plusieurs colifichets desquels elle se pare*). Oh! que vous êtes gentil!... (*Elle lui saute au cou*).

MUSTIGNAC.

Au besoin, ce moyen n'eut pas raté. (*Il chante*).

Quel changement!
J'en ris vraiment.

ÉLÉONORE.

(*Devant la glace*).

Cette coiffure,

MUSTIGNAC.

Vous va fort bien.

ÉLÉONORE.

Cette parure,

MUSTIGNAC.

Ne gâte rien.

ÉLÉONORE.

Cette ceinture,
Ont pour moi grand attrait.

MUSTIGNAC.

Cette parure
Pour elle a grand attrait.
Près de la bouche,
Vite une mouche !

ÉLÉONORE.

(*Se maquillant*).

Vite une mouche !
Comme dans mon portrait.

MUSTIGNAC.

Comme dans son portrait.
Trait pour trait,

Bravo ! la belle
N'est plus cruelle.

ÉLÉONORE.

(*Se coiffant.*)

Il est charmant
Assurément.

ENSEMBLE.

MUSTIGNAC.

(*L'aidant à se coiffer.*)

Plus sur l'oreille.
L'œil se réveille.
C'est à merveille ;
Voilà tout le secret.

ÉLÉONORE.

Qui mieux s'y connaîtrait ?
La dentelle
Est nouvelle,
C'est charmant.
Suis-je belle ?
Oui vraiment.

MUSTIGNAC.

Il n'est pas d'argument
Meilleur assurément.
La belle en ce moment
Trouvera tout charmant,

ENSEMBLE.

ÉLÉONORE.

(*Mettant la dernière, main à sa toilette*). Mais quelle diable d'idée avez-vous eue là, comte?... Qui vous a poussé à contrefaire le borgne, le bossu, le bancal?

MUSTIGNAC.

Ma foi, je n'en sais rien moi-même. J'ai voulu rire et m'amuser, voilà tout.

ÉLÉONORE.

C'est égal, je m'en souviendrai.

MUSTIGNAC.

(*Offrant le bouquet de violettes que contenait la boîte apportée par Brigitte*). Plus longtemps que de mon premier... bouquet.

ÉLÉONORE.

Qui sait? (*Elle le met à son corsage*).

MUSTIGNAC.

J'ai faim... Et vous? (*Il l'embrasse*).

SCÈNE XII.

MUSTIGNAC, ÉLÉONORE, BRIGITTE.

BRIGITTE.

(*Une serviette à la main, ouvrant brusquemen la porte du salon*). Madame est servie.

MUSTIGNAC.

Ma mignonne, acceptez mon bras.

ÉLÉONORE.

Brigitte, alors quand tu voudras.

BRIGITTE.

As-tu fini tes embarras.

ENSEMBLE.

MUSTIGNAC, ÉLÉONORE, BRIGITTE.

Allons vite, vite à table !
Qu'on s'attable !
Faisons couler à plein bord
Des meilleurs vins de Champagne
Et d'Espagne ;
Les absents ont toujours tort.

MUSTIGNAC.

Auprès de femme jolie
On s'oublie.
A la cour, un soir, Piron...

ÉLÉONORE.

Chut! respectez l'auditoire.
Mieux vaut boire...

MUSTIGNAC.

A la santé du Baron.

Éléonore et Mustignac dansent pendant que Brigitte dit son couplet).

BRIGITTE.

Par ma foi, ce gentilhomme
Est bel homme;
Il est bien aimable aussi
Et fort riche, je suppose,
Car la chose...

(Montrant une pièce d'or).

Par trois fois j'ai dit : merci !

ÉLÉONORE.

J'aime, ainsi que toute actrice,
    Qu'on me bisse.
Aux colifichets nouveaux
De beaucoup je leur préfère
    Et j'espère
Quelques chaleureux bravos.

MUSTIGNAC, ÉLÉONORE, BRIGITTE.

Allons vite, vite à la table !
    Qu'on s'attable !
Faisons sauter le bouchon
A la santé du Baron.

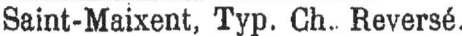

Saint-Maixent, Typ. Ch. Reversé.

LE GRILLOUX

OPÉRETTE.

—

FRAZELLA

SAYNÈTE.

—

LA GUITARE D'ARLEQUIN.

—

QUELQUES FEUILLETS

—

JÉRÉMIADES INUTILES.

———